AF306026

CATALOGUE
DES LIVRES

D'UNE PARTIE DE LA BIBLIOTHÉQUE

DE FEU M. LE BARON DE PAPPENHEIM,

LIEUTENANT - GÉNÉRAL, ENVOYÉ EXTRAORDINAIRE ET MINISTRE PLÉNIPOTENTIÁIRE DE S. A. R. LE GRAND DUC DE HESSE, PRÈS S. M. TRÈS CHRÉTIENNE;

Dont la Vente se fera le lundi 27 novembre 1826, et jours suivans, à six heures très précises de relevée, en l'une des Salles de l'Hôtel de Bullion, rue J. J. Rousseau, n° 3.

Les Adjudications seront faites par Me COUTELLIER, Commis-saire-Priseur, rue des Bons-Enfans, n° 28.

A PARIS,

Chez DE BURE frères, Libraires du Roi, et de la Bibliothéque du Roi, rue Serpente, n° 7.

1826.

AVERTISSEMENT.

Il n'est point ordinaire de voir un Catalogue d'une Vente de Livres composé presque exclusivement d'une seule classe; mais l'on n'en sera plus surpris, lorsque l'on saura que nous ne vendons de la Bibliothéque de feu M. le baron de Pappenheim, que la partie qui se compose des Livres de Botanique. Cette classe, il est vrai, était la plus considérable et la seule à laquelle M. de Pappenheim avait donné ses soins. Il est rare de voir une réunion de Livres de ce genre aussi belle; car on y remarquera presque tous les grands Ouvrages de Botanique, dont ceux de Jacquin, sous les n°s 53,196,279 et 313. Le n° 63, *Botanical Magazine*, par Curtis, *in*-8. avec 2606 planches coloriées. Le n° 64, *The botanist Repository*, 10 vol. *in*-4. avec 654 planches coloriées. Le n° 130, les *Champignons de Danemarck*, ouvrage de la plus belle exécution. Le n° 163, les *Plantes médicinales de Plenck*, 8 vol. in-fol. fig. coloriées. Le n° 232, *English Botany, by Sowerby*, in-8. avec 2592 planches coloriées. Le n° 243, la *Flora Danica*, 10 vol. in-fol. contenant 1800 planches coloriées. Le n° 247, la *Flora Græca*, grand in-fol. avec 450 planches coloriées, et l'un des plus beaux livres de botanique. Le n° 253, l'*Hortus Malabaricus*, depuis long-temps l'un des plus rares ouvrages de ce genre. Le n° 255, les *Plantes de Coromandel*, etc. etc.

Tous ces Ouvrages imprimés chez l'étranger, se rencontrent difficilement ici; nous n'entrerons point dans plus de détails, mais nous pouvons assurer qu'il y a long-temps qu'il n'a été exposé en vente une aussi belle collection de Livres de Botanique.

ORDRE DES VACATIONS

On pourra voir les Livres tous les jours, depuis une heure jusqu'à trois.

Tous les Livres seront vendus pour complets. On pourra les collationner pendant les deux heures d'exposition ; mais une fois sortis de la salle de vente, on ne les reprendra sous aucun prétexte.

Les articles rares, etc. qui se trouveroient dans les vingt-cinq premiers numéros de la vacation, seront vendus à la fin.

Les Livres seront vendus dans l'ordre suivant :

Première vacation, le lundi 27 *novembre* 1826.

Sciences et Arts.	1 — 85

Seconde vacation, le mardi 28.

Sciences et Arts.	86 — 170

Troisième vacation, le mercredi 29.

Sciences et Arts.	171 — 255

Quatrième vacation, le jeudi 30.

Sciences et Arts.	256 — 340

Cinquième vacation, le vendredi 1er *décembre.*

Sciences et Arts.	341 — 387
Histoire.	388 — 416
Addition.	1 — 12

J. Byron.

Moricand.

mazoyer
Moricard.

M^e huzard.

la mere

Simonet.

z. Byron.

Morillé

CATALOGUE
DES LIVRES
DE FEU M. LE BARON DE PAPPENHEIM.

SCIENCES ET ARTS.

HISTOIRE NATURELLE.

1. Expériences sur les Végétaux, par J. Ingen-Housz, trad. de l'anglais. *Paris*, 1780, *in-8. fig. dem. rel.*
2. J. A. Scopoli Introductio ad Historiam naturalem, sistens genera lapidum, plantarum et animalium hactenus detecta. *Pragæ*, 1777, *in-8. br.*
3. Description des Pyrénées, par Dralet. *Paris*, 1813, 2 *vol. in-8. fig. dem. rel. dos de m.*
4. Herbarium diluvianum, auct. J. J. Scheuchzero. *Lugd. Bat.* 1723, *in-fol. fig. v. b.*

Agriculture et Jardinage.

5. Hortorum secreta, cultus et auxilia, auct. A. Mizaldo. *Lutet.* 1574, *in-8. parch.* = Ejusd. nova et mira artificia comparandorum fructuum, etc. et alia opusc. *Lutet.* 1565, *in-8. vél.*
6. De la Pratique de l'Agriculture, par N. Douette-Richardot. *Paris*, 1806, *in-8. cart.*
7. Dictionnaire des Jardiniers, par Ph. Miller,

A

trad. de l'angl. *Paris*, 1785, 8 *vol. in-4. et deux de supplément, fig. v. m.*

Les tomes 1 et 3 sont gâtés par l'humidité.

8. Figures of the most beautiful, useful, and uncommon plants described in the gardeners Dictionary, by P. Miller. *London*, 1760, 2 *vol. in-fol. dem. rel.*

Trois cents planches coloriées.

9. Théorie de l'Art des Jardins, par Hirschfeld, en allem. *Leipzig*, 1779, 5 *vol. in-4. fig. dem. rel.*

10. Essai sur l'Art des Jardins d'agrément, par F. K. Medicus. *Manheim*, 1783, *in-12. dem. rel. en allemand.* = De l'Influence des connoissances dans l'Hist. naturelle sur le bonheur des Etats, par Gmelin. *Carlsruhe*, 1809, *in-8. dem. rel. en allemand.*

11. Manuel économique pour les Jardiniers et les amateurs du Jardinage, par R. Jacob. *Francfort sur le Mein*, 1797, *in-12. fig. dem. rel. en allemand.* = Instruction sur la Manière de dessécher et d'arranger les Plantes, à l'usage des jeunes Botanistes, par J. Hedwig. *Gotha*, 1797, *in-12. dem. rel. en allemand.*

12. L'Ami des Jardiniers, par Poinsot. *Paris*, 1804, 2 *vol. in-8. fig. v. porph.*

13. De la Culture des Arbres forestiers, par J. Ph. Duroi, publié par J. F. Pott. *Brunswick*, 1795, 3 *vol. in-8. dem. rel. en allemand.*

14. Manuel pour la culture des Arbres à fruit, par J. L. Christ. *Francfort*, 1794, *in-8. fig. dem. rel. en allemand.*

15. Le Jardinier-Fruitier allemand, ou Collection des Arbres fruitiers cultivés dans toutes les contrées de l'Allemagne, par J. B. Sickler. *Weimar*, 1794, 22 *vol. in-8. fig. dem. rel. en allemand.*

16. Culture générale des Arbres en Autriche, ou Description des Arbres et Arbustes qui peuvent

8. Luch. ez⁺

Mᶜ huzard.

10. C.

11. C.

Mᶜ huzard.

13. C.

14. C.

fig. colorées   Simonet

16. C.

17. C.

18. Rich. Brons C.

Laloy

20. C.

21. C.

22. C. che. m2⁺ inf. flo.

23. C.

24. C. flo.

25. C.

fig. colorier.   26. C.

Meilhac

être cultivés avantageusement en Autriche, par Fr. Schmidt. *Vienne*, 1792, 3 *cahiers de texte et 3 de planches, en 3 vol. in-fol. dem. rel. en allemand.*

17. La Culture des Arbres comme elle se pratique à Berlin, par C. L. Willdenow. *Berlin*, 1811, *in-8. fig. dem. rel. en allemand.*

18. Essai sur la culture des Arbres forestiers de l'Amérique septentrionale en Allemagne, par F. A. J. de Vangenheim. *Goettingue*, 1787, *in-fol. fig. dem. rel. en allemand.*

19. Traité botanique pratique des Jardins d'agrément, par F. H. H. Lueder, *Leipzig*, 1783, 4 *vol. in-4. fig. dem. rel. en allemand.*

20. Essai sur la Culture des Orangers en caisse. *Francfort sur le Mein*, 1796, *in-12. dem. rel. en allemand.*

21. Les Prunes, publiées par F. J. de Gunderrode et M. B. Borkhausen. *Darmstadt*, 1804, 4 *cahiers in-8. fig. col. br. en allemand.*

BOTANIQUE.

Introduction, Élémens et Dictionnaires de Botanique.

22. C. Sprengel historia rei Herbariæ. *Amst.* 1807, 2 *vol. in-8. dem. rel.*

23. Histoire de la Botanique de notre temps, par F. K. Medicus. *Manheim*, 1793, *in-8. dem. rel. en allemand.*

24. H. J. N. Krantz Institutiones rei Herbariæ. *Viennæ*, 1766, 2 *vol. in-8. dem. rel.*

25. Aide pour la Botanique, par A. B. Roth. *Brême*, 1782, 2 *vol. in-8. dem. rel. en allemand.*

26. Manuel de Botanique de Schkuhr. *Wittenberg*, 1791, 3 *tomes en 2 vol. in-8. et 2 vol. de planches. In-8. dem. rel.* ═ Essai sur les Carex, par

A ij

le même. *Wittenberg, 1806, in-8. fig. dem. rel. en allemand.*

27. Manuel de Botanique, par J. F. W. Koch. *Magdebourg, 1797, 2 part. en 1 vol. in-12. dem. rel. en allemand.*

28. Introduction à la connoissance des Plantes, par Jacquin. *Vienne, 1798, in-8. dem. rel. en allemand.*

29. Introduction à la Botanique, par C. Moench. *Marbourg, 1798, in-8. dem. rel. en allemand.*

30. Notions élémentaires de Botanique, par J. C. Philibert. *Paris, 1802, in-8. bas.*

31. Introduction à l'étude de la Botanique sans maître, par C. L. Willdenow. *Berlin, 1809, in-8. fig. col. dem. rel. en allemand.*

32. Principes de Botanique, par C. L. Willdenow. *Berlin, 1810, in-8. dem. rel. en allemand.*

33. Lectures on Botany as delivered to his pupils, by Will. Curtis. (*London,*) 1803, 3 *vol. in-8. dem. rel. fig. color.*

34. Théorie élémentaire de la Botanique, par De Candolle. *Paris, 1813, in-8. dem. rel.*

35. Introduction à la connoissance des Plantes, par Kurt Sprengel. *Halle, 1817, 3 vol. in-8. fig. dem. rel. en allemand.*

36. Nouvelles Découvertes dans toutes les parties de la Botanique, publiées par Kurt Sprengel. *Leipzig, 1820, 3 vol. in-8. br. en allemand.*

37. Encyclopédie méthodique; Botanique, par de la Marck. *Paris, 1783, 13 vol. in-4. dont cinq de supplément, et 8 vol. de planches, en tout 21 vol. in-4. v. m.*

38. Dictionnaire de Botanique, par M. B. Borckhausen. *Giessen, 1797, 2 vol. in-8. cart. en allemand.*

39. J. Beckmanni Lexicon Botanicum. *Gotting. 1801, in-8. dem. rel.*

27. C.

28. C. inf.

29. C.
30. flo.
31. C. inf.

32. C.
33. bouq. C. cher. mi⁺ flo.
   tachi d'humidité

34. flo.

35. C. inf.

36. inf.

38. C.

39. C. flo.

Leloy

aillard.

p.

galliot.

chimot.

simond.

m^c huzard

simond

moricard

41. art. ah+ C. che. am+

43. Wei. Bron. flo.

44. C.

46. C.

47. Bron. C.

49. C. flo.   + icones

*Physique végétale, physiologie, Anatomie, etc. des
Plantes.*

40. Institutiones histor.–physicæ regni vegeta–
bilis, à C. G. Ludwig. *Lipsiæ*, 1742, *in-8. v. f.*

41. An Introduction to physiological and syste–
matical Botany, by J. E. Smith. *London*, 1807,
in-8. fig. cart.

42. La Physique des Arbres, où il est traité de
l'anatomie des Plantes, et de l'économie végétale,
par Duhamel du Monceau. *Paris*, 1758, 2 *vol.
in-4. fig. v. m.*

43. J. Gærtner de Fructibus et Seminibus plan–
tarum, cum carpologia. *Stuttgardiæ*, 1788-1807,
3 *vol. in-4. fig. v. rac.*

44. Les Mystères de la Nature découverts dans la
structure et la fécondation des Plantes, par C.
K. Sprengel. *Berlin*, 1793, *in-4. fig. dem. rel. en
allemand.*

45. Essais sur la Végétation considérée dans le dé–
veloppement des Bourgeons, par A. A. Du Petit-
Thouars. *Paris*, 1809, *in-8. dem. rel.*

46. Essai sur l'Anatomie et la Physiologie des
Plantes, par F. C. Medicus. *Leipzig*, 1799 *à*
1801, 7 *parties en* 1 *vol. in-12. dem. rel. en
allemand.*

47. Anatomie des Plantes, par K. A. Rudolphi.
Berlin, 1807, *in-8. fig. dem. rel. en allemand.*

48. Expositio Characteristica structuræ florum
quæ dicuntur compositi, auct. J. Lefrancq van
Berkhey. *Lugd. Bat.* 1771, *in-4. fig. v. m.*

49. Manipulus plantarum et analyses partium,
auct. C. C. Schmidel. *Erlangæ*, 1793, *in-fol.
dem. rel. dos de m.* 75 *pl. color.*

Figures des Plantes et des Fleurs.

50. Icones plantarum, seu stirpium, Arborum, etc. quæ partim Germania producit, partim ab exteris regionibus allata, in Germania plantantur, (a J. T. Tabernæ-Montano,) edente N. Bassæo. *Francof. ad Mœn.* 1590, *in-4. obl. v. b. fig. en bois.*

51. Icones stirpium seu plantarum tam exoticarum quam indigenarum, (M. Lobel.) *Antuerp.* 1591, *in-4. obl. v. b. fig. en bois.*

52. C. J. Trew Opera Botanica, scilicet : Plantæ selectæ, quarum imagines pinxit G. D. Ehret. *Norimb.* 1750, 1 *vol.* = Plantæ rariores. *Altorfii,* 1795, 1 *vol.* = Hortus nitidissimis omnem per annum superbiens floribus. *Norimb.* 1768, 3 *tom. en* 2 *vol. en tout* 4 *vol. in-fol. m. r. fig. color.*

53. Icones plantarum rariorum, editæ a N. J. Jacquin. *Vindob.* 1781, 3 *vol. in-fol. max. m. r.*
Six cent quarante-huit pl. color.

54. Fragmenta Botanica, figuris coloratis illustrata ab anno 1800 ad ann. 1809, per sex fasciculos edita, opera N. J. Jacquin. *Viennæ Austriæ,* 1809, *in-fol. atlant. cart.*
Cent trente-huit pl. color.

55. Eclogæ plantarum rariorum aut minus cognitarum quas ad vivum descripsit J. F. de Jacquin. *Vindobonæ,* 1811, *in-fol. max. cart.*
Cent une pl. color.

56. Eclogæ plantarum rariorum, aut minus cognitarum, quas ad vivum descripsit J. F. de Jacquin. *Vindob.* 1813, *in-fol. br. fasciculi quatuor, cum* 40 *fig. color.*

57. Plantarum icones hactenus ineditæ plerumque ad plantas in herbario Linneano conservatas,

Meilhac

idem

52. iuf.

53. dru. bzz⁺ flo.

54. art. hzz⁺ dru. hiz⁺ flo.

55. dru. mzz⁺ flo,

56. dru. amz⁺

57. C.

58. art. 62†

59. art. amz† C.

60. C.

~~61. C.~~

Moricard.

Laloy

Barbier Weimar revendu pour six volumes
taché de pourriture   63. Luch. apaz†
                                             Ham. izz† dru. aizz†

Moricard   il y avoit des figures 64. C. dru. izz†
            regréés.

65. Wei. iz†

delineatæ, auct. J. E. Smith. *Londini*, 1789,
iñ-fol. fig. dem. rel.
Fasciculi tres.

58. Icones pictæ plantarum rariorum descriptio-
    nibus et observat. illustratæ, auctore J. E. Smith.
    Fasciculi 1, 2, 3. *Londini*, 1790, *in-fol. atlant.
    dem. rel. dos de m. cum 18 fig. color.*

59. Exotic Botany, consisting of coloured figures,
    and scientific descriptions of such new, beau-
    tiful and rare plants as are worthy of cultivation
    in the gardens of Britain, by J. E. Smith, the
    figures by J. Sowerby. *London*, 1804, *2 tom. en
    1 vol. in-8. dem. rel. 120 plates colour.*

60. Recueil de Plantes avec des Remarques criti-
    ques, par F. C. Medicus. *Manheim*, 1792, *in-8.
    1ᵉʳ cahier, fig. dem. rel. en allemand.*

61. Icones plantarum rariorum, delineavit et in
    aes incidit H. Schwegman, edid. et descript. ad-
    didit G. Woorhelm Schneevoogt, lat. holland. et
    gall. *Harlemii*, 1793, *in-fol. cart. 42 pl. color.*

62. Plantarum selectarum icones pictæ, editæ a
    N. Meerburg. *Lugd. Batav.* 1798, *in-fol. dem.
    rel. 27 pl. color.*

63. The Botanical Magazine, or Flower Garden
    displayed, by Wil. Curtis. *London*, 1793, *52 tom.
    rel. eñ 31 vol. in-8. dem. rel. avec 2606 planches
    col. et les nᵒˢ 466 à 472, contenant les planches
    2607 à 2656, in-8. br. = 3 vol. d'index pour les
    42 premiers vol.*

64. The Botanist's repository for new and rare
    plants, with explanations in english and latin,
    by H. Andrews. *London*, 1797, *10 vol. in-4. dem.
    rel. fig. coloriées.* Ces 10 vol. contiennent 654 pl.

Systèmes de botanique par différens auteurs.

65. A. Q. Rivini Introductio generalis in rem her-
    bariam. *Lipsiæ*, 1690, *in-fol. fig. vel.*

66. Institutiones rei herbariæ cum corollario, auct. J. Pitton Tournefort. *Lugduni*, 1719, 3 *tom. en 2 vol. in-4. fig. v. m.*

67. Nova plantarum genera juxta Tournefortii methodum disposita, auct. P. A. Michelio. *Florentiæ*, 1729, *in-fol. fig. bas.*

68. C. à Linné Systema vegetabilium, edente C. H. Persoon. *Gottingæ*, 1797, *in-8. v. rac.*

69. Linnæi Genera plantarum, curante J. C. D. Schreber. *Francof. and Moen.* 1789, *in-8. vel. Le premier vol.*

70. Car. à Linné Species plantarum, exhibentes plantas rite cognitas ad genera relatas, etc. curante C. L. Willdenow. *Berolini*, 1797, 5 *tom. en 10 vol. in-8. cart.*

71. Nomenclator botanicus, sistens omnes plantas in C. à Linné speciebus plantarum ab C. L. Willdenow enumeratas, curavit L. F. O. Henckel a Donnersmark. *Halæ Magdeburgicæ*, 1803, *in-8. fig. dem. rel.*

72. J. A. Schultess Observationes botanicæ in Linnæi species plantarum, ex edit. C. L. Willdenow. *OEniponti*, 1809, *in-8. dem. rel.*

73. C. à Linné Prælectiones in ordines naturales plantarum, edente P. D. Giseke. *Hamburgi*, 1792, *in-8. fig. dem. rel.*

74. C. Linnæi Philosophia Botanica, curante C. Sprengel. *Halæ ad Salam*, 1809, *in-8. dem. rel.*

75. Philosophie botanique avec des remarques critiques, par F. K. Medicus. *Manheim*, 1789, 2 *part. en 1 vol. in-8. dem. rel. en allemand.*

76. C. Linnæi critica Botanica, in qua nomina plantarum generica, specifica, etc. examini subjiciuntur. *Lugd. Batav.* 1737, *in-8. v. j.*

77. Illustratio Systematis sexualis Linnæi per J. Miller, denuo edita ac revisa, per M. B. Borck-

le tome 2 très taché de pourriture   p.

69. wei.   garnot

                                                            meilhac

                                                            idem

70. Luchtaire+   aillaud.

71. C.

72. C.
                                                            meilhac

74. C.
75. C.   p.

                                                            p.

                                                            Laloy

78 . C . cha . i+

nard letom. g . mouillé   79 . cha . mz+

                                 80 . C . ke 1.

limonet

meilhac   82 _ C . ke 1.

Eymery .   83 . C .

Ney engravier   84 . moui . cha . pz+ flo.

p.   86 papp.

p.   87 . myron.

hausen. *Darmstadtii*, 1792, *in-fol. atlant. dem. rel. dos de m.* 104 *fig. color.*

78. J. C. Cramer Enumeratio plantarum quæ in systemate sexuali Linnæano eas classes et ordines non obtinent, etc. *Marburgi Cattorum*, 1803, *in-8. cart.*   4 . .

79. Familles des plantes, par Adanson. *Paris*, 1763, 2 *vol. in-8. fig. v. m.*   8 . . 5 .

80. D. Cyrilli de essentialibus nonnullarum plantarum characteribus Comment. *Neapoli*, 1784, *in-8. fig. dem. rel.* = Ejusd. Fundamenta Botanica. *Neapoli*, 1785, *in-8. fig. cart.* pars prima.   2 . .

81. A. L. de Jussieu, Genera plantarum secundum ordines naturales disposita, curante P. Ustero. *Turici*, 1791, *in-8. v. rac.*   16

82. Nova genera plantarum, auct. H. A. Schrader. *Lipsiæ*, 1797, *in-fol. pars prima, cum* 6 *fig. color.* = J. T. D. Schreberi Icones et Descriptiones plantarum minus cognitarum, Decas prima. *Halæ*, 1765. = C. à Linné plantarum rariorum horti Upsaliensis Fascicul. primus. *Lipsiæ*, 1767. = Ejusdem, Decas prima. *Stockholmiæ*, 1762, *in-fol. fig. cart.*   12 .

83. Synopsis plantarum seu enchiridium botanicum, curante C. H. Persoon. *Parisiis*, 1805, 2 *vol. in-18. dem. rel.* Cet ouvrage est intercalé de papier blanc, in-4. et contient un très grand nomb. de notes manuscr. de M. de Pappenheim.   3 51 .

84. Synopsis plantarum seu enchiridium botanicum, curante C. H. Persoon. *Parisiis*, 1805, 2 *vol. in-18. v. j.*   31 .

85. Exposition des familles naturelles et de la germination des plantes, par Jaume Saint-Hilaire. *Paris*, 1805, 2 *vol. in-8. fig. dem. rel.*   6 .

86. Regni vegetabilis Systema naturale, auctore A. P. De Candolle. *Parisiis*, 1818, 2 *vol. in-8. br.*   21 .

87. Prodromus systematis naturalis regni vegetabi-   27 . 50 .

lis, auct. A. P. De Candolle. *Parisiis*, 1824, 2 *vol. in-8. vél.* Ces deux volumes sont intercalés de papier blanc.

Observations et opuscules botaniques, etc.

88. Observations sur les plantes, par Guettard. *Paris*, 1747, 2 *vol. in-12. v. m.*

89. N. J. Jacquin Observationes Botanicæ. *Vindob.* 1764, *in-fol. fig. v. rac.*

90. A. J. Retzii observationum botanicarum fasciculi quinque. *Lipsiæ*, 1779, *in-fol. dem. rel. fig. color.*

91. Observationes Botanicæ, auct. B. P. Gloxin. *Argentorati*, 1785. = Plantarum verticillatarum Genera et Species, auct. J. C. D. Schrebero. *Lipsiæ*, 1774, *in-4. cart.*

92. Delectus opusculorum botanicorum, edid. et not. illustr. P. Usteri. *Argentor.* 1790, 2 *tom.* en 1 *vol. in-8. fig. dem. rel.*

93. C. Commelin Præludia Botanica. *Lugd. Bat.* 1703, *in-4. fig. v. b.*

94. Joach. Jungii Opuscula Botanico-physica. *Coburgi*, 1747, *in-4. dem. rel.*

95. Alb. Halleri Opuscula Botanica. *Gotting.* 1749, *in-8. fig. dem. rel.*

96. R. J. Camerarii Opuscula botanici argumenti, edid. J. C. Mikan. *Pragæ*, 1797, *in-8. cart.*

Histoire générale des plantes, des arbres, etc.

97. Pauli Renealmi Specimen historiæ plantarum. *Parisiis*, 1611, *in-4. fig. vél.*

98. Theophrasti de Historia plantarum libri x, gr. et lat. ed. J. Bodæo a Stapel. *Amst.* 1644, *in-fol. fig. v. b.*

99. De historia Stirpium commentarii, auctore L. Fuchsio. *Basileæ*, 1542, *in-fol. fig. vél. l. r.*

88. wei.   ~~Meilhac~~

89. wei.   Meilhac

90.. wei.

                                             Nozeran

                        poarri

93. wei.

                                             Mazoyer

                                             Nozeran

96. C.

            piqué des vers.   Montaud

98. wei. Bron.

                                             p.

garnot.   pigad   100. Byron.
meilhac   tro pouri

idem

idem   un vol tout mouillé

garnot

meilhac

moricard

meilhac

simonet

meilhac

moricard.

                    112. C.

mazoyer

100. R. Dodonæi Stirpium historia. *Antuerp.* 1616, 4.
in-fol. fig. v. b.

101. Plantarum seu stirpium historia Matt. de 1 . 50 .
Lobel. *Antuerp.* 1576, *in-fol. fig. v. b.* = Ejusd.
Nova stirpium adversaria. *Antuerp.* 1576, *in-fol.*
fig. v. b.

102. De plantis lib. xvi And. Cæsalpini. *Florent.* 10 . 95 .
1583, *in-4. v. f.*

103. Historia generalis plantarum, à J. Dalecam- 4 .
pio. *Lugduni,* 1587, 2 *vol. in-fol. fig. v. b. et*
dem. rel.

104. Historia plantarum universalis, auct. Bau- 10 . 95 .
hino. *Ebroduni,* 1650, 3 *vol. in-fol. fig. v. b.*

105. Pinax theatri botanici Gasp. Bauhini. *Basil.* 5 .
1623; Accedit prodromus. *Francof. ad Mœn.*
1620, *in-4. fig. v. b.*

106. Paradisus terrestris, or a Garden of all sorts 10 . 50 .
of pleasant flowers, with a kitchen garden, etc.
by J. Parkinson. *London,* 1629, *in-fol. fig. v. b.*

107. A. Muntingii phytographia curiosa, exhibens 7 . 5 .
arborum, etc. icones. *Amst.* 1713, *in-fol. v. f.*

108. Historia plantarum, auct. J. Raio. *Londini,* 25 .
1686, 3 *vol. in-fol. fig. v. ec.*

109. Plantarum historiæ universalis oxoniensis 48
partes, auct. R. Morison. *Oxonii,* 1680-1699,
2 *vol. in-fol. fig. v. m.*

110. L. Plukenetii Opera Botanica. *Londini,* 1769, 55 .
4 *tom.* en 3 *vol. in-4. fig. dem. rel.*

111. Thesaurus rei herbariæ hortensisque uni- 49 . 95 .
versalis, latine et germ. auct. G. W. Knorr.
1788, 2 *vol. in-fol. dem. rel. fig. color.*

112. L. Trattinnick Thesaurus botanicus. *Viennæ,* 7 .
1805, *in-fol. cart.* Fascic. 1 et 2. 20 *fig. color.*

Histoire particulière des plantes.

113. De plantis a divis sanctis ve nomen haben- 1 . 5
tibus caput, auct. C. Bauhino. *Basil.* 1591, *in-8.*
bas.

114. Phytobasanos, sive plantarum aliquot Historia, Fabio Columna auct. *Neapoli*, 1592, *in-4. fig. vel.* = Ejusd. minus cognitarum rariorum que stirpium ekphrasis. Accedit opusc. de purpura. *Romæ*, 1616, 3 *tom. en* 1 *vol. petit in-4. fig. vel.*

115. Ejusd. F. Columnæ Phytobasanos. *Florentiæ*, 1744, *in-4. fig. v. m.*

116. C. Clusii rariorum plantarum Historia. *Antuerp.* 1601, *in-fol. fig. vél.* = Ejusd. exoticorum lib. x. *Ex offic. Plantiniana Raphelingii*, 1605, *fig.* = Ejusd. curæ posteriores. *Ibid.* 1611, *in-fol. vél.*

117. Description des plantes rares de Martyn, trad. en allemand avec le texte latin, par Panzer. *Nuremberg*, 1797, *in-fol. atlant. fig. color. cart.*

118. J. Breynii Prodromus rariorum plantarum. *Gedani*, 1739, *in-4. fig. v. b.*

119. J. Zanonii rariorum stirpium Historia, ed. C. Montio. *Bononiæ*, 1742, *in-fol. fig. v. m.*

120. C. L. l'Héritier, Stirpes novæ aut minus cognitæ, descript. et iconibus illustratæ. *Paris.* 1784, *in-fol. dem. rel.*

121. Descriptiones et icones rariorum et pro maxima parte nov. plantarum, auct. C. F. Rottboll. *Hauniæ*, 1786. = Ant. Gouan illustrationes et observ. Botanicæ. *Tiguri*, 1773, *in-fol. fig. cart.*

122. C. L. Willdenòw Phytographia, seu descript. rariorum minus cognitàrum plantarum. *Erlangæ*, 1794, *in-fol. fig. fascicul. 1.* = Icones plantarum incognitarum quas in India occident. detexit O. Swartz. *Erlangæ*, 1794, *in-fol. fig. col. fascic. 1.* = Icones plantarum Japonicarum, auct. C. P. Thunberg. *Upsaliæ*, 1794, *in-fol. fig. cart. fasciculi iv.*

123. Catalecta Botanica, quibus plantæ novæ et

Meilhac

Kilian

Meilhac

pourri

Moricand

idem

moricand

meilhac

Kilian

119. art, am^t

123. C.

Moricand

Meilhac

mazd

Laloy

125. C.

126. C.

127. Luch. ez⁺
art. azz⁺

Délé

Bailliers

il manque le titro gravé et   130. Luch. huit⁺
coloré   ð vu. pzz⁺

Laloy

131. C.

Meilhac

132. Byron. C.

133. art. az⁺

minus cognitæ describuntur , ab A. G. Roth. *Lipsiæ*, 1797 , 3 *vol. in-8. dem. rel. fig. color.*
Le tome premier est taché d'humidité.

124. Illustrationes plantarum imperfecte vel non- *15.*
dum cognitarum, cum centuria iconum , recensente P. S. Pallas. *Lipsiæ* , 1803, *in-fol. cart. fig. color.*
Il n'y a que les Pl. 1 à 59.

125. M. Vahlii Enumeratio plantarum vel ab aliis *4 . 5.*
vel ab ipso observatarum. *Hauniæ,* 1804, 2 *vol. in-8. dem. rel.*

126. Courte description d plantes vénéneuses *5 . 50.*
les plus dangereuses pour les enfans et les ignorans, par J. H. A. Dunker. *Brandebourg,* 1796, 2 *part. en* 1 *vol. in*-18. *fig. color. en allemand.*

127. Monadelphiæ classis dissertationes decem, *82 . . D*
auct. A. J. Cavanilles. *Matriti,* 1790 , 2 *vol. in*-4. *fig. v. rac.*

128. A. Pyrami De Candolle Astragalogia, nempe *35.*
Astragali, Biserulæ, etc. Historia. *Parisiis,* 1802, *in-fol. max. fig. cart. Pap. Vél.*

129. Monographie de la famille des Ananacées, *4 .*
par M. F. Dunal. *Paris,* 1817, *in*-4. *fig. br.*

130. Beata ruris otia fungis danicis impensa, lat. *158. D*
et danice, a Th. Holmskiold. *Hauniæ,* (1790,) 2 *tom. en* 1 *vol. in-fol. dem. rel.* 74 *planch. color.*
Très bel Ouvrage.

131. Traité sur les parties des plantes qui ont rap- *3 . 50.*
port au coton, etc. et sur leur utilité, par F. V. P. Schrank. *Halle,* 1794, *in*-8. *fig. dem. rel. en allemand.*

132. Olai Swartz synopsis filicum , earum genera *9 . 95.*
et species systematice complectens. *Kiliæ,* 1806, *in*-8. *fig. dem. rel.*

133. Reliquiæ Rudbeckianæ, sive camporum Ely- *5 . 5. D*
siorum libri primi olim ab Olao Rudbeckio Upsaliæ editi quæ supersunt, scilicet graminum,

juncorum, etc. figuræ, cura J. E. Smith. *Londini*, 1789, *in-fol. fig. dem. rel.*

134. J. Scheuchzeri Agrostographia, sive graminum , juncorum , etc. Historia. *Tiguri*, 1775, *in-4. fig. v. m.*

135. Description des Graminées, avec leur représentation d'après nature, par J. Chr. D. Schreber. *Leipzig*, 1769, 2 *parties en 1 vol. in-fol. fig. dem. rel. en allemand.*

136. Graminum Monographia, auct. J. Fluggé. *Hamburgi*, 1810, *in-8. dem. rel.*

137. Essai d'une nouvelle agrostographie, par M. Palisot de Beauvois. *Paris*, 1812, *in-8. et 1 vol. de planches in-4. cart.*

138. Plantes grasses de P. J. Redouté, décrites par A. P. De Candolle. *Paris*, *an* VII, (1799,) *livr.* 1 *à 26 rel. en 2 vol. in-fol. Pap. Vél. fig. color.*
Taché d'humidité.

139. Coloured engravings of Heaths, by C. Andrews, in latin and english. *London*, 1802., 3 *vol. in-fol. dem. rel. fig. color.*

140. Les Liliacées, par P. J. Redouté. *Paris.*, *Didot jeune*, 1802, 8 *vol. gr. in-fol. cart. Pap. Vél. fig. color.*
Les tomes 1 et 2 sont très tachés d'humidité.

141. Essai sur quelques espèces de la famille des Mauves, par F. K. Medicus. *Manheim*, 1807, *in-8. dem. rel. en allemand.*

142. Monographie des Mélastomacées, comprenant toutes les plantes de cet ordre recueillies jusqu'à ce jour, et notamment au Mexique, dans l'isle de Cuba, etc. par MM. Al. de Humboldt et A. Bonpland, avec les explications en latin et en franç. *Paris*, 1816, 2 *vol. in-fol. max. cart. Pap. Vél.* 120 *pl. coloriées.*

revu du imparfait fig. coloriées

136. C.

139. goe. azz+ C.

141. C.

meilhac

~~Méhac~~
mcilhac
Kilian
Baillière
moricand

Delée

Rey graveur

Delée

Kilian

avec l'hist-net des renoncules   150. Luch. pz⁺ flo.

Laloy   le titre tes rouo   151. Ham.

nozeran

Laloy

idem

143. art. 6⁺ C.

144. C.

145. Luch. pz⁺

146. C.

147. Luch. aaz⁺ C. -

148. Luch. px⁺

149. goe-iz⁺ art. 6z⁺ C.

150. Luch. pz⁺ flo.

151. Ham.

152. Luch. ae⁺

153. Luch. m⁺ C.

154. Luch. m⁺ C.

155. Ham. mz⁺ Dru.

143. Observations on the genus Mesembryan-
themum, by A. Hardy Haworth. *London*, 1794,
in-8. cart.

144. On the cultivation of the plants belonging to
the natural order of Proteeæ, by J. Knight.
London, 1809, *in-4. cart. une planc. col.*

145. Monographie des Rumex, précédée de quelques vues gén. sur la famille des Polygonées, par
F. Campdera. *Paris*, 1819, *in-4. fig. br.*

146. Historia salicum, auct. G. F. Hoffmann. *Lipsiæ*, 1787, *in-fol. dem. rel. fig. color.*
Ce volume contient en outre le premier fascicule du tome
second, et le tout renferme 31 planches.

147. Revisio Saxifragarum iconibus illustrata, auct.
Casparo comite de Sternberg. *Ratisbonæ*, 1810,
in-fol. cart. fig. color.

148. Histoire naturelle, médicale, etc. des Sola-
num, par M. F. Dunal. *Paris*, 1813, *in-4. fig. br.*

149. Stapeliæ novæ; or a collection of several
new species of that genus, discovered in the
interior parts of Africa, by F. Masson. *London*,
1796, *in-fol. cart. Pap. Vél. 40 pl. color.*

150. Histoire naturelle et médicale de la famille
des Valérianées, par P. Dufresne. *Montpellier*,
1811, *in-4. fig. cart.*

151. L. Heisteri Descriptio novi generis plantæ
rarissimæ et speciosissimæ, Africanæ ex bul-
bosarum classe. *Brunsvigæ*, 1753, *in-fol. atlant.
fig. cart.*

152. Historia Amaranthorum, auct. C. L. Willdenow. *Turici*, 1790, *in-fol. cart. fig. color.*

153. Crotonis Monographia, auct. E. F. Geiseler.
Halæ, 1807, *in-8. cart.*

154. J. A. Froelich de Gentiana Libellus. *Erlangæ*, 1796, *in-8. dem. rel.*

155. Oxalis Monographia, iconibus illustrata,

auctore N. J. Jacquin. *Viennæ*, 1794, *in-4. dem. rel. fig. color.*

5 - 10 156. Theodora Speciosa; nouveau genre de plantes, par F. K. Medicus. *Manheim*, 1786, *in-8. fig. dem. rel. en allemand.*

5 - 50 157. Commentatio super Veronicis spicatis Linnæi, auctore H. A. Schrader. *Gottingæ*, 1803, *in-8. fig. cart.*

Plantes d'usage en médecine.

10 - - 158. P. A. Matthioli comment. in Dioscoridem. *Venetiis*, 1583, *in-fol. fig. v. b.*

3.95 159. Hortus medicus et philosoph. in quo plurimarum Stirpium descriptiones, et icones continentur, auct. J. Camerario. *Francof. ad Mœn.* 1588, *in-4. fig. dem. rel.*

30 - -10 160. Herbarium Blackvellianum emendatum et auctum, lat. et germ. *Norimbergæ*, 1750 *et ann. seq.* 6 *vol. in-fol. v. m. et mout. r.* 600 *planch. color.*

5 - — 161. Nomenclator Linnæanus in Elisab. Blackwell herbarium, auct. C. G. Groening. *Lipsiæ*, 1794, *in-8. dem. rel.*

12 - - 162. Ectypa vegetabilium usibus medicis præcipue destinatorum, auct. C. G. Ludwig, germ. et lat. *Halæ Magd.* 1760, *in-fol. v. ec. fig. col.*

620 - - 163. J. J. Plenck icones plantarum medicinalium, lat. et germ. *Viennæ*, 1788 *et seq.* 8 *vol. in-fol. dem. rel. dos de m. fig. color.*

6 - — 164. Abrégé de l'histoire des plantes usuelles, par P. J. B. Chomel. *Paris*, 1804, 2 *vol. in-8. v. porph.*

Plantes de différens pays.

4 - 50 165. De plantis exoticis lib. duo Prosp. Alpini. *Venetiis*, 1629, *in-4. fig. m. r.*

6 - 10 166 J. Breynii exoticarum et minus cognitarum

156. C.

157. C. flo.

Laloy

garnot

Laloy

les 5e et 6e Centuries sont reliées en un vol. et n'ont point d'explication.

meilhac

161. C.

Laloy

163. dru. azzz+

164. of.

Moncard
1 Dec.

Laloy

168. Luth. hz+

Meilhac

idem

P.   171 Wei. n+

                                        172. flo.

Hey argravier   173. Wei. Bron.

                                        174. C.
Meilhac.   175. flo.
                                        176 Wei. x+
idem

Kilian.   177. Bron.

plantarum centuria. *Gedani*, 1678, *in-fol. fig.*
v. b.

167. J. C. Buxbaum Plantæ minus cognitæ, circa
Byzantium et in Oriente observatæ. *Petropoli*,
1728, 3 *vol. in-4. fig. dem. rel.*
Le tome 3 très taché d'humidité.

168. Symbolæ botanicæ, sive plantarum Orienta-
lium aut recenter detectarum descriptiones,
auct. M. Vahl. *Hauniæ*, 1790, *in-fol. cart. fasciculi tres. 75 planch.*

169. Characteres generum plantarum quas in itinere ad insulas maris Australis collegerunt annis 1772–1775 J. R. Forster et G. Forster. *Londini*, 1776, *in-4. fig. cart.*

170. Flora Europea, auct. J. J. Roemer. *Norimbergæ*, 1797, *in-8. br. fascic.* 1 *à* 14. *fig. color.*

171. Plantæ per Galliam, Hispaniam et Italiam
observatæ, à J. Barreliero, cur. A. de Jussieu.
Paris. 1714, *in-fol. fig. v. éc.*

172. G. L. Koeleri descriptio Graminum in Gal-
lia et Germania provenientium. *Francofurti ad
Mœnum*, 1802, *in-8. dem. rel.*

Plantes de la France.

173. Flore Française, ou Descriptions succinctes
de toutes les plantes qui croissent naturelle-
ment en France, par MM. de Lamarck et De
Candolle. *Paris*, 1805, 6 *vol. in-8. fig. bas.*

174. Synopsis plantarum in Flora Gallica descrip-
tarum, auctoribus J. B. de Lamarck et De Candolle. *Parisiis*, 1806, *in-8. bas.*

175. L. Gerardi Flora Gallo-provincialis. *Parisiis*,
1761, *in-8. fig. v. m.*

176. Histoire des plantes qui naissent aux environs d'Aix, et dans d'autres endroits de la Pro-
vence, par Garidel. *Aix*, 1719, *in-fol. fig. v. b.*

177. Histoire abrégée des plantes des Pyrénées,

par Picot de Lapeyrouse. *Toulouse*, 1813, *in-8*
dem. rel. dos de m.

178. Figures de la Flore des Pyrénées, avec des
descriptions, des notes critiques, etc. par P.
Picot Lapeyrouse. *Paris*, 1795, *in-fol. atlant.
cart. tome* 1er. 43 *pl. color.*

179. Flore d'Auvergne, par A. Delarbre. *Clermont-
Ferrand*, 1797, 2 *vol. in-8. dem. rel.*

180. Histoire des plantes du Dauphiné, par Vil-
lars. *Paris*, 1786, 5 *vol. in-8. fig. bas.*

181. Botanicon Monspeliense, auct. P. Magnol.
Lugd. 1676, *in-8. fig. bas.* = Herbarium Hors-
tianum. *Marpurgi*, 1630, *in-12. vel.*

182. Methodus foliorum, seu Plantæ Floræ Monspeliensis juxta foliorum ordinem digestæ, auct.
F. B. de Sauvages. *La Haye*, 1751, *in-8. bas.*

183. Botanicon Parisiense, ou dénombrement
des plantes des environs de Paris, par S. Vail-
lant. *Leide*, 1727, *in-fol. fig. v. j. Gr. Pap.*

184. La Flore des environs de Paris, par Thuillier.
Paris, an vii, (1799,) *in-8. v. r.*

Plantes d'Italie.

185. Museo di Piante rare della Sicilia, Malta,
Corsica, etc. di D. P. Boccone. *In Venetia*, 1697,
in-4. fig. vel. = Museo di Fisica del medesimo.
In Venet. 1697, *in-4. fig. vel.*

186. Dom. Cyrilli plantarum rariorum regni Nea-
politani fasciculi duo. *Neapoli*, 1788, *in-fol.
fig. dem. rel.*

187. Flora Pedemontana, sive enumeratio stirpium indigen. Pedemontii, auct. C. Allionio.
Augustæ Taurinorum, 1785, 3 *vol. in-fol. fig.
v. rac.*

188. Plantæ Veronenses, auct. J. F. Seguierio.
Veronæ, 1745, 3 *vol. in-8. fig. vel. et v. m.*

Laloy

179. art. x^t C.
180. flo.   la tome 2º pourri.   Meilhac

                                                  Nozeran

182. flo.   p--

                                                  Meilhac

184. wei.   taché d'humidité.   p-

185. duch.

                                                  Moricand.

                                                  — p-

188 wei. h^t   Moricand

                                                  Meilhac

189. C. flo.

Cauletta

191. flo.
192. C. papp.

193. C. flo.

Cauletta

196. dru. xzz⁺

197. C. tom. h.
198. flo. Dru.

Plantes de l'Allemagne.

189. A. G. Roth tentamen Floræ Germanicæ. *Lip-siæ,* 1793, 4 *vol. in-8. cart.*

190. Flora Germanica, auct. H. A. Schrader. *Got-tingæ,* 1806, *in-8. fig. cart. tomus primus.* = Ejusd. spicilegium Floræ Germanicæ. *Hanno-veræ,* 1794, *in-8. fig. dem. rel. pars prior.*

191. Enumeratio Euphorbiarum quæ in Germania et Pannonia gignuntur, auct. J. Roeper. *Gottingæ,* 1824, *in-4. fig. br.*

192. Plantes cryptogamiques de l'Allemagne, par C. Schkuhr. *Wittenberg,* 1809, *in-4. fig. color. tom.* 1er, *dem. rel. et les deux premiers cahiers du tome second. br. en allemand.*

193. Flora Badensis Alsatica, et confinium regionum cis et trans Rhenana, etc. auct. C. C. Gmelin. *Carlsruhæ,* 1805, 3 *vol. in-8. fig. cart. Pap. Vél.*

194. J. J. Reichard Flora Mœno-Francofurtana. *Francof. ad Mœn.* 1772, *in-8. v. m. pars prima.*

195. H. J. N. Crantz stirpes Austriacæ. *Viennæ,* 1769, 2 *part. en* 1 *vol. in-4. fig. v. f.*

196. Flora Austriaca, sive plantarum in Austriæ Archiducatu crescentium icones et descriptiones, auct. N. J. Jacquin. *Viennæ Austriæ,* 1773, 5 *vol. in-fol. dem. rel. fig. color.*

197. Flora Austriaca. *Viennæ,* 1794, 2 *tom. en* 1 *vol. in-12. cart.*

198. N. T. Host icones et descriptiones Graminum Austriacorum. *Vindobonæ,* 1801, 4 *vol. in-fol. max. dem. rel. dos de m.* 400 *pl. color.*

199. N. J. Jacquin enumeratio Stirpium quæ sponte crescunt in agro Vindobonensi, montibusque confinibus. *Vindobonæ,* 1762, *in-8. fig. bas.*

200. J. A. Scopoli Flora Carniolica. *Vindob.* 1772, 2 *vol. in-8. fig. v. m.*

201. Flora OEnipontana, auct. F. X. Schopfer, germanice. *Innsbruck*, 1805, *in-8. dem. rel.*
Ce premier volume contient la Flora Tyrolensis.

202. Tentamen Floræ Bohemiæ, per J. E. Pohl. *Prague*, 1810, *in-8. tom.* 1er. *fig. br. en allemand.*

203. Francisci comitis Waldstein descriptiones et icones plantarum rariorum Hungariæ. *Viennæ*, 1802, 3 *vol. in-fol. max. dem. rel. dos. de m.* 280 *pl. color.*

204. G. Wahlenberg Flora Carpatorum principalium. *Gottingæ*, 1814, *in-8. dem. rel.*

205. Fr. de Paula Schrank primitiæ Floræ Salisburgensis. *Francof. ad Mœn.* 1792, *in-8. dem. rel.*

206. Flore de Salzbourg, par F. A. de Braune. *Salzbourg*, 1797, 3 *vol. in-8. fig. dem. rel. en allemand.*

207. Flore de Bavière, par F. von P. Schrank. *Munich*, 1789, 2 *vol. in-8. dem. rel. en allemand.*

208. J. A. Pollich Historia plantarum in Palatinatu electorali sponte nascentium. *Mannhemii*, 1776, 3 *vol. in-8. fig. v. m.*

209. Flora Noribergensis, sive catalogus plantarum in agro Noribergensi sponte nascentium, auct. J. G. Volckamero. *Noribergæ*, 1700, *in-4. fig. vel.*

210. C. L. Willdenow Floræ Berolinensis Prodromus. *Berolini*, 1787, *in-8. fig. dem. rel.*

211. A. J. Krocker Flora Silesiaca. *Uratislaviæ*, 1787, 3 *vol. in-8. v. j. fig. color.*

212. Floræ Fribergensis Specimen, plantas cryptogamicas præsertim subterraneas exhibens, auctore F. A. ab Humboldt. *Berolini*, 1793, *in-4. fig. dem. rel.*

213. J. J. Dillenii Catalogus plantarum sponte

200. Bron. flo.

201. C.

202. C.

~~203. Opu.~~

204. Bron.

205. flo;

208. flo.

209. flo.

211. C.^t flo.

212. flo.

213. flo. m^t

Moricard

Laloy

Canette

Laloy

Moricard

limonet

P

Laloy

214. flo.

215. C.

216. flo.

Rozerès

219. C.

220. C.

221. Wei.

222. flo.

Simonet.

Meilhac

circa Gissam nascentium. *Francof.* 1719, *in-8.
vel.*

214. F. W. a Leysser Flora Halensis. *Halæ Salicæ*,
1783, *in-8. dem. rel.*

215. C. Sprengel Floræ Halensis Tentamen novum.
Hal. Sax. 1806, *in-12. fig. dem. rel.* = Ejusd.
Mantissa 1ª Floræ Halensis. *Halæ*, 1807. = C. L.
Willich de Plantis quibusdam observat. *Gotting.*
1762. = Tractatus de Achilleis, auct. C. L. Will-
denow. *Hal. Magdeb.* 1789, *in-12. fig. dem. rel.*

216. J. D. Leers Flora Herbornensis. *Berolini*, 1789,
in-8. dem. rel.

217. H. B. Ruppii Flora Jenensis. *Francof.* 1726.
= C. G. Ludwig Aphorismi botanici. *Lipsiæ*,
1738, *in-8. vel.*

218. Al. Haller Flora Jenensis H. B. Ruppii aucta
et emend. *Jenæ*, 1745, *in-8. fig. cart.*

219. Catalogue et Description des Plantes qui
croissent dans la principauté d'Orange-Nassau,
par madame C. H. Dœrrien. *Leipzig*, 1794,
in-8. dem. rel. en allemand.

220. Flora Fuldensis, par F. K. Lieblein. *Francfort*,
1784, *in-8. dem. rel. en allemand.*

Plantes de Hollande, etc.

221. Paradisus Batavus, continens plus centum plantas descriptionibus illustratas, curante P. Hermanno. *Lugd. Bat. Abr. Elzev.* 1698, *in-4.
fig. vel.*

222. D. de Gorter Flora VII provinciarum Belgii
fœderat. indigena. *Harlemi*, 1781, *in-8. dem. rel.*

223. A. Van Royen Floræ Leydensis Prodromus,
exhibens plantas quæ in horto Acad. Lugduno
Batavo aluntur. *Lugd. Bat.* 1740, *in-8. vel.* =
Index plantarum quæ in horto Acad. Lugd. Batavo reperiuntur, auct. H. Boerhaave. 1710,
in-8. v. b.

224. A. Haller Historia stirpium indigenarum Helvetiæ. *Bernæ*, 1768, 3 *tom. en* 2 *vol. in-fol. fig. dem. rel.*

225. Flora Helvetica, cura J. R. Suteri. *Turici*, 1802, 2 *parties en* 1 *vol. in-12. cart.*

226. Agrostologia Helvetica, auctore J. Gaudin. *Parisiis*, 1811, 2 *vol. in-8. dem. rel.*

Plantes de l'Espagne et du Portugal.

227. Flora española, o historia de las plantas que se crian en España, su autor D. J. Quer. *Madrid*, 1762, 6 *vol. in-4. fig. bas.*

228. A. J. Cavanilles Icones et descriptiones plantarum, quæ aut sponte in Hispania crescunt, aut in Hortis hospitantur. *Matriti*, 1791, 6 *vol. in-fol. fig. vel. vert.*

229. F. Avellar Broteri Flora Lusitanica. *Olissiponæ*, 1804, 2 *vol. in-4. bas.*

230. Viridarium Lusitanicum, in quo arborum, fruticum, et herbarum differentiæ agri Ulyssiponensis exponuntur, collectore G. Grisley. *Ulyssiponæ, in-8. parch.*

231. Dom. Vandelli Viridarium Grisley Lusitanicum, Linneanis nominibus illustratum. *Olissiponæ*, 1789, *in-8. dem. rel.*

Plantes de l'Angleterre.

232. English Botany, or coloured figures of British plants with their essential characters, and places of growth, by J. E. Smith, and J. Sowerby. *London*, 1790, 36 *vol. in-8. dem. rel.* 2592 *plates coloured.*

233. Flora Britannica, auct. J. E. Smith. *Londini*, 1800, 3 *vol. in-8. dem. rel.*

234. A Systematic arrangement of British plants, by W. Withering. *London*, 1801, 4 *vol. in-8. fig. dem. rel.*

225. ßron. C.

226. Luch. i⁺ C.

228. Luch. hzz⁺ flo.

229. Luch. mz⁺ art. iz⁺ C. flo.

230. Rich. ßron. C.

231. flo.

232. art. ezz⁺ C. dru. azzz⁺
(les tom. 2. 3. 5. 9. 10. 11. 12. 13 leur tachis depourriture)

233. ßron.   pouri.

234. C.

Maricald

p.

Kilian

Laloy

idem

Laloy

p.

à vol. le blanc qui 235 f. C.
conchent les planches ♀ 241 a hooa été retrouvé et les dans le cabinet
les planches hoß à 439.

Moricand.   236. art. m2[+] C.

                                    238. art. a2[+] flo.

galliot.

                                    241. Bron. flo.
                                    242. Bron. C.
meilhac

Laloy

Moricand   244. C. si 89. 1739

Laloy   245. flo.

                                    246. C. flo.

235. Coloured Figures of english fungi or Mush-
rooms, by J. Sowerby. *London*, 1797, 3 *vol.*
in-fol. cart. containing 240 *plates, and the plates*
~~401 to 439.~~

236. Menthæ Britannicæ, being a new botan.
arrangement of all the british Mints, hitherto
discovered, by W. Sole. *Bath*, 1798, *in-fol.*
fig. cart.

237. Catalogus plantarum circa Cantabrigiam nascentium. *Cantab.* 1660, *in-12. parch.*

238. Flora Scotica, by J. Lightfoot. *London*, 1777,
2 *vol. in-8. fig. v. m.*

Plantes des pays septentrionaux.

239. C. Linnæi Flora Suecica. *Stockholmiæ*, 1755,
in-8. fig. v. m.

240. C. Linnæi Flora Lapponica. *Amst.* 1737,
in-8. fig. bas.

241. Caroli Linnæi Flora Lapponica, editio altera,
aucta et emendata, studio et curâ J. E. Smith
Londini, 1792, *in-8. cart.*

242. G. Wahlenberg Flora Lapponica. *Berolini*,
1812, *in-8. fig. dem. rel.*

243. Flora Danica, auct. G. C. Oeder et aliis. *Hauniæ*, 1766, 10 *vol. in-fol. v. éc. Les fascicules*
1 *à* 30 *contenant* 1800 *planches coloriées.*

244. Stirpium rariorum in imperio Rutheno sponte
provenientium icones et descript. collectæ ab J.
Ammano. *Petropoli*, 1739, *in-4. fig. v. m.*

245. Flora Rossica, sive stirpium imperii Rossici
descriptiones et icones, ed. P. S. Pallas. *Petropoli*, 1788, 2 ~~part. en 1~~ *vol. in-fol. cart. fig.*
color.
Le tome premier, et le seul publié.

Plantes de la Grèce.

246. Floræ Græcæ Prodromus, sive plantarum omnium enumeratio, quas in provinciis aut insulis

Græciæ invenit J. Sibthorp. Characteres et syno-
nyma omnium cum observat. elaboravit J. E.
Smith. *Londini*, 1806, 2 *vol. in*-8. *cart. Pap. Vél.*

1400 — —247. Flora Græca, sive rariorum plantarum historia, quas in provinciis aut insulis Græciæ,
legit, investigavit, et depingi curavit Joan.
Sibthorp, cum description. J.E. Smith. *Londini,*
1806, *in-fol. max. cart. fascic.* IX. *fig. color.*
Ces neuf fascicules forment les quatre premiers volumes et
la moitié du tome 5. Cet ouvrage qui est d'une magnifique exécution, contient 450 planches coloriées.

Plantes de l'Asie.

248. Flora Orientalis, sive recensio plantarum quas
L. Rauwolffus annis 1573, etc. in Syria, etc.
collegit; disposuit J. F. Gronovius. *Lugd. Bat.*
1755. = N. J. Jacquin Enumeratio plantarum
quas in insulis Carabæis detexit. *Lugd. Bat.*
1760. = C. Linnæi Materies medica. *Holmiæ,*
1763, *in*-8. *v. m.*

249. Flora Cochinchinensis, auct. J. de Loureiro,
edente C. L. Willdenow. *Berolini*, 1793, 2 *vol.*
in-8. *dem. rel.*

250. C. P. Thunberg Flora Japonica. *Lipsiæ*, 1784,
in-8. *fig. bas.*

251. Icones selectæ plantarum quas in Japonia
collegit et delineavit Engelb. Kæmpfer. *Lon-*
dini, 1791, *in-fol. fig. cart.*

252. N. L. Burmanni Flora Indica, cui accedit series
zoophitorum indicorum nec non prodromus
Floræ Capensis. *Lugduni Batavorum*, 1768,
in-4. *fig. v. m.*

253. Hortus indicus Malabaricus, continens regni
Malabarici plantas rariores, per H. van Rheede,
etc. accedit C. Commelin Flora Malabarica. *Amst.*
1678 *et* 1696, 13 *tom. en* 12 *vol. in-fol. fig. v.*
porph.

247. C. dru. amzz+

Laloy

Meilhac

p.

250. Bron.

251. art. iz+

252. flo.

253. Luth. hzz+ dru. xzz+

Kilian

Renouard .

Laloy

Meilhac

Meilhand .

254. flo.

255. luch. xzz† freik. mzz†
dru. xzz†

256. Ham. am† flo.

257. flo.

258. Byron.

259. Byron. C. flo.

262. Byron.
263. luch. azz† art. bz†

264. art. ai†

265. Byron.

254. Flora Malabarica, sive index in omnes tomos horti Malabarici, conscr. J. Burmannus. *Amst.* 1769, *in-fol. cart.*

255. Plants of the coast of Coromandel, by W. Roxburgh. *London,* 1795, 2 *vol. in-fol. atlant. cart. fig. color. et les cahiers* 1 *et* 2 *du tom.* 3.
Ces dix cahiers renferment 250 planches.

256. Prodromus Floræ Nepalensis, auctore D. D. F. Hamilton. *Londini,* 1825, *in-8. cart.*

257. Icones plantarum Syriæ rariorum descriptio- nibus et observat. illustratæ, auctore J. J. Labil- lardière, decades v. *Lut. Paris.* 1791 , *in-4. fig. dem. rel.*

258. Flora Sibirica, sive historia plantarum Sibe- riæ, auct. J. G. Gmelin. *Petropoli,* 1747, 4 *vol. in-4. fig. v. m.*

259. Flora Taurico-Caucasica, auct. F. Marschall a Bieberstein. *Charkoviæ,* 1808 - 1819, 3 *vol. in-8. dem. rel.*

260. Musæum Zeylanicum, sive Catalogus plan- tarum in Zeylana sponte nascentium, auctore P. Hermanno. *Lugduni Batavorum,* 1726, *in-8. cart.*

261. Thesaurus Zeilanicus, exhibens plantas in insula Zeilana nascentes, cura J. Burmanni. *Amst.* 1737, *in-4. fig. v. m.*

262. C. Linnæi Flora Zeylanica. *Holmiæ,* 1747, *in-8. fig. v. m.*

263. Herbarium Amboinense, auct. G. E. Rum- phio, ed. J. Burmanno, cum auctuario. *Amst.* 1741, *et ann. seq.* 7 *tom. en* 6 *vol. in-fol. fig. dem. rel.*

264. A specimen of the Botany of New-Holland, by J. E. Smith. *London,* 1793, *in-4. cart. vol,* 1er.
Sixteen plates coloured.

265. Novæ Hollandiæ plantarum Specimen, auct.

J. J. Labillardière. *Parisiis*, 1804, 2 *vol in-4.*
fig. dem. rel.

266. Prodromus Floræ Novæ Hollandiæ et insulæ
van Diemen, auct. Rob. Brown. *Londini*, 1810,
in-8. cart. vol. 1^{nm}.

Plantes de l'Afrique.

267. J. Burmanni rariorum Africanarum plantarum decades x. *Amst.* 1738, *in-4. fig. vel.*

268. Flora Ægyptiaco-Arabica, auct. P. Forskal.
Hauniæ, 1775, *in-4. v.j.*

269. Flora Atlantica, sive historia plantarum quæ
in Atlante, agro Tunetano et Algeriensi crescunt, auct. R. Desfontaines. *Paris.* 1800, 4 *vol.*
in-4. fig. cart.

270. Descriptiones plantarum ex Capite Bonæ-Spei,
auctore P. J. Bergio. *Stockholmiæ*, 1767, *in-8.*
bas.

271. Prodromus plantarum Capensium quas in
promontorio Bonæ-Spei collegit C. P. Thunberg. *Upsaliæ*, 1794, 2 *part. en* 1 *vol. in-8. fig.*
dem. rel.

272. Flore d'Oware et de Benin en Afrique, par
Palisot-Beauvois. *Paris*, 1804, 2 *vol. in-fol. cart.*
Pap. Vél.
Cent vingt pl. color.

Plantes de l'Amérique.

273. Description des Plantes de l'Amérique, par
C. Plumier. *Paris, Impr. Roy.* 1693, *in-fol. fig.*
v. m.

274. Nova Plantarum americanarum genera, auct.
P. C. Plumier. *Parisiis*, 1703, *in-4. fig. v. m.*

275. Plantarum americanarum quas olim C. Plu-
mierius detexit, fasciculi decem, ed. J. Burmanno. *Amst.* 1755, *in-fol. fig. dem. rel.*

276. Traité des Fougères de l'Amérique, par C.

266. Ham. az^t C.

tâché   Moricard.
               Meilhac
               idem

270. Luch. it flo.

271. Bron. flo.

                              Maze

273. Luch. iz^t Bron.

274. art. az^t flo.
275. dich.

276. art. px^t Laloy

278. Rich.

279. Rich. breit. m22$^+$ C.
druu. aa22$^+$

280. art. am$^+$

Laloy

aillard

Barbarin

282. buch. p2$^+$ flo.
283. buch. h2$^+$ flo.
284. buch. p2$^+$ flo.

285. of.

Plumier. *Paris, Impr. Roy.* 1705, *in-fol. fig.*
v. m.

277. Description des Plantes médicinales de l'Amérique méridionale, par le P. Feuillée, traduit
du français par G. L. Huth. *Nuremberg,* 1756,
in-4. bas. fig. color. en allemand. 2 volumes

278. N. J. Jacquin selectarum stirpium americanarum historia. *Vindobonæ,* 1763, *in-fol. fig.*
v. m.

279. N. J. Jacquin selectarum stirpium americanarum historia. (*Viennæ Austriæ, circa* 1780,)
in-fol. max. dem. rel.
Ouvrage de la plus grande rareté dont il n'a été tiré, à ce
qu'on dit, que 12 exemplaires; il consiste en 137 pages de
texte et 264 figures peintes et non gravées.

280. Reliquiæ Houstounianæ, seu plantarum in
America meridionali a G. Houstoun collectarum
Icones. *Londini,* 1781, *fig.*=Observat. Botanicæ,
auct. C. E. Weigel. *Gryphiæ,* 1772, *in-4. fig.*
dem. rel.

281. Nova genera et species plantarum, quas sub
itinere in Indiam occident. annis 1783-87, di-
gessit Olof Swartz. *Holmiæ,* 1788, *in-8. dem. rel.*
= Observationes Botanicæ quibus plantæ Indiæ
occidentalis, aliæque illustrantur, auct. Ol.
Swartz. *Erlangæ,* 1791, *in-8. fig. dem. rel.*

282. O. Swartz Flora Indiæ occidentalis. *Erlangæ,*
1797, 3 *vol. in-8. fig. dem. rel. Ch. Fort.*

283. Eclogæ americanæ, seu descriptiones plantarum, præsertim Americæ merid. auct. M. Vahl.
Hauniæ, 1796, *in-fol. cart. fascic. tres. complet.*

284. Icones illustrationi plantarum americanarum
in eclogis descript. inservientes, edit. Mart.
Vahl. *Hauniæ,* 1798, *in-fol. fig. cart. decades*
tres.

285. Plantes équinoxiales recueillies au Mexique,
dans l'isle de Cuba, à Quito au Pérou, etc. par

MM. Alex. de Humboldt et A. Bonpland. *Paris,* 1808, 2 *vol. in-fol. max. cart. Pap.Vél. avec* 140 *planches.*

286. Nova genera et species plantarum, quas in peregrinatione orbis novi collegerunt, descripserunt Amat. Bonpland et Alex. de Humboldt. *Lut. Paris.* 1815, 7 *vol. in-fol. max. dem. rel. dos de m. Pap. Vél. cum* 700 *fig. color.*

287. Hortus Europæ Americanus, or a collection of 85 curious trees, etc. adapted to the climates of Great Britain, by M. Catesby. *London,* 1767, *in-fol. cart. fig. color.*

288. Flora Boreali-Americana, auct. A. Michaux. *Parisiis,* 1803, 2 *vol. in-8. fig. dem. rel.*

289. Histoire des Arbres forestiers de l'Amérique septentrionale, par F. A. Michaux. *Paris,* 1813, 3 *tomes en* 2 *vol. gr. in-8. dem. rel. fig. color.*

290. Oaks of the united states of America, by A. Michaux. 26 *planches in-8. collées sur toile, et renfermées dans un étui.*

291. Flora Americæ septentrionalis, or a systematic arrangement and description of the plants of North America, by F. Pursh. *London,* 1814, 2 *vol. in-8. dem. rel. fig. color.*

292. The genera of north America plants, and a Catalogue of the species to the year 1817, by Th. Nuttall. *Philadelphia,* 1818, 2 *vol. in-8. br.*

293. J. Cornuti Canadensium plantarum Historia. *Parisiis,* 1635, *in-4. fig. v. b.*

294. Flora Caroliniana, secundum systema veget. Linnæi, auct. T. Walter. *Londini,* 1788, *in-8. dem. rel. dos de m.*

295. Histoire des plantes de la Guiane française, par Fusée Aublet. *Paris,* 1775, 4 *vol. in-4. fig. v. m.*

296. Plantarum Guianæ rariorum Icones et des-

maze

287. Luch. xz† C.   Laloy

288. Luch. mz† pron.   taché   Renouard.

289. Luch. azz† mouj. pron. ing.   aillard.

290. C.   Kilian

291. Luch. hz† C. ing. flo.
          taché & pourriture

292. mouj. C. ing.   Kilian

293. Rich.   moricand.

294. Luch. et Rich. art. n†   Laloy

                                                          Renouard.

296: Luch. aaz† art. xz† C.
     Ham. mz†

297. Luch. piz+ ⊚ flo.
~~Hamniz~~+ d vn. 6zz+

galliot.   298. dich. flo.

Renonard.

                                   300. flo.

· p ·

p ·

Moricard.   304. art. er 305. art. nz+

                                   305. of.

criptiones hactenus ineditæ, auct. E. Rudge.
Londini, 1805, *in-fol. fig. cart. vol.* 1um.

297. Flora Peruviana et Chilensis, sive descriptiones et icones plantarum Peruvianarum et
Chilensium, auctoribus Hip. Ruiz et J. Pavon,
cum prodromo. *Matriti,* 1798, 4 *vol. in-fol. dem.
rel. dos de m. fig. color.*

Les figures du volume du prodromus sont en noir, et n'ont
jamais dû être coloriées.

298. Flora Virginica, auct. J. Clayton. *Lugd. Bat.*
1743, *in-8. vel.*

Jardins de France et d'Italie.

299. Lettres sur l'établissement d'un jardin pota-
ger et d'un jardin fleuriste, par F. H. H. Lueder.
Hanovre, 1778, 4 *vol. in-12. cart. en allemand.*

300. Tableau de l'école de Botanique du Museum
d'histoire naturelle, par M. Desfontaines. *Paris,*
1804, *in-8. dem. rel.*

301. Hortus regius Blesensis'auctus, auct. R. Morison. *Londini,* 1669, *in-8. v. b.*

302. Antonii Goüan Hortus regius Monspeliensis.
Lugduni, 1762, *in-8. fig. bas.* = Ejusdem Flora
Monspeliaca. *Lugduni,* 1765, *in-8. fig. dem. rel.*
= Herborisations des environs de Montpellier,
par le même. *Montpellier, an* VI, (1798,) *in-8.
fig. dem. rel.*

303. Catalogus plantarum Horti botanici Monspeliensis, auctore A. P. De Candolle. *Parisiis,*
1813, *in-8. cart.*

304. Description des plantes nouvelles cultivées
dans le jardin de Cels, par E. P. Ventenat. *Paris,*
1800, *in-fol. fig. dem. rel. dos de m. Pap. Vél.*

305. Choix de plantes dont la plupart sont cultivées dans le jardin de Cels, par E. P. Ventenat.

Paris, 18o3, *in-fol. fig dem. rel. dos de m. Pap. Vél.*

1o3 - - 3o6. Jardin de la Malmaison, par E. P. Ventenat. *Paris*, 18o3, 2 *vol. in-fol. max, cart. Pap. Vél.* 12o *planches coloriées.*

13o - - 3o7. Description des plantes rares cultivées à la Malmaison, et à Navarre, par A. Bonpland. *Paris*, 1813, *in-fol. max. dem. rel. dos de m. Pap. Vel.* '64 *fig. coloriées.*

2 - 5 3o8. P. A. Michelii Catalogus plantarum horti Cæsar. Florentini, edente J. Targionio Tozzettio. *Florent.* 1748, *in-fol. fig. v. f.*

3o9. Viridarium Florentinum , sive conspectus plantarum quæ floruerunt in horto Cæsar. Florentino, auct. Xav. Manetti. *Florent.* 1751, *in-8. parch.*

4 - 5 31o. Catalogus plantarum Horti Pisani, auct. M. G. Tilli. *Florent.* 1723, *in-fol. fig. v. b.*

Jardins d'Allemagne.

42 - - 311. Hortus Eystettensis, sive plantarum , etc. hujus Horti repræsentatio, opera B. Besleri. 1713, *in-fol. atlant. fig. m. vert. dent.* Superbe Exemplaire.

12 - - 312. Catalogue des arbres, arbrisseaux et plantes qui croissent dans l'ancien jardin de l'évêché d'Eystett, par Widmann. *Eystett*, 18o6, *in-4. m. r.*

55o - - 313. Hortus botanicus Vindobonensis, auct. N. J. Jacquin. *Vindob.* 177o, 3 *vol. in-fol. cart. fig. coloriées.*

115 - 314. Stapeliarum in Hortis Vindobonensibus cultarum descriptiones, auct. N. J. Jacquin. *Vindob.* 18o6, *in-fol. max. cart. fig. coloriées.*

55o - - 315. Plantarum rariorum Horti Cæsarei Schoenbrunensis descriptiones et icones, opera N. J.

309. of

Laloy

~~309. of~~. Renonard.

p.

p.

Laloy

312. C.

~~312. C.~~   idem

313. dru. h₂₂⁺

314 Dru.

315 Dru.

Laloy

316. C.

317. C.

Laloy

idem

320. goe. iz⁺

321. C.

322. C.

Laloy

idem   Mangi Des lewis

Jacquin. *Viennæ*, 1797, 4 *vol. in-fol. max. v. m.* 500 *planches coloriées.*

316. Hortus Magni Ducis Badensis Carlsruhanus. *Carlsruhæ*, 1811 , *in-*8. *br.* = Elenchus plantarum Horti botanici Darmstadii. 1824, *in-*12. *br.*

317. Methodus plantas Horti botanici et agri Marburgensis a staminum situ describendi, cum supplemento , auct. C. Moench. *Marburgi Cattorum*, 1794, 2 *vol. in-*8. *cart.* = Ejusd. enumeratio plantarum indigenarum Hassiæ, pars prima. *Cassellis*, 1777, *in-*8. *cart.*

318. Floræ Altdorffinæ Deliciæ hortenses, sive Catalogus plantarum Horti medici, auct. M. Hoffmanno. *Altdorffi*, 1677, *in-*4. *fig. vel.*

319. Designatio plantarum quas hortus A. F. Waltheri, professoris Pathologiæ Lipsiensis, complectitur. *Lipsiæ*, 1735, *in-*8. *fig. dem. rel.*

320. C. L. Willdenow Hortus Berolinensis. *Berolini*, 1806, *in-fol. dem. rel. tom.* I^{us} *continens* 72 *fig. color. et fasciculi* VII-X, *contin. fig.* 73-108. *cart.*

321. Sertum Hannoveranum , seu Plantæ rariores quæ in Hortis regiis Hannoveræ vicinis coluntur, descriptæ ab H. A. Schrader. *Goettingæ*, 1795, *in-fol. dem. rel. fasciculi* 1-4, *cum* 24 *tab. color.*

322. Hortus Herrenhusanus, seu Plantæ rariores quæ in Horto regio Herrenhusano prope Hannoveram coluntur, auct. J. C. Wendland. *Hannoveræ*, 1798, *in-fol. dem. rel. fasciculi* 1-4, *cum* 24 *fig. color.*

323. Hortus Gottingensis, auct. H. A. Schrader. *Gottingæ*, 1809, *in-fol. br. fascic. duo*, *cum* 16 *figuris color.*

Jardins de Hollande, etc.

324. Horti Academ. Lugduno-Batavi Catalogus, auct. P. Hermanno. *Lugd. Bat.* 1687, *in-8. fig. v. b.*

325. Index alter plantarum quæ in Horto Acad. Lugduno-Batavo aluntur, auct. H. Boerhaave. *Lugd. Bat.* 1727, 2 *tom. en* 1 *vol. in-4. fig. dem. rel.*

326. Horti Ultrajectini Index, auctore E. J. Van Wachendorff. *Traj. ad Rhen.* 1747, *in-8. v. m.*

327. Horti medici Amstelodamensis plantarum rariorum descriptio, auct. J. Commelino. *Amst.* 1697, 2 *vol. in-fol. fig. dem. rel.*

328. C. Commelin Horti medici Amstelædamensis Plantæ rariores et exoticæ. *Lugd. Bat.* 1706, *in-4. fig. v. b.*

329. Hortus Cliffortianus, plantas exhibens quæ in hoc Horto coluntur, auct. C. Linnæo. *Amst.* 1737, *in-fol. fig. cart. non rogné.*

330. C. G. Ortegæ novarum aut rariorum plantarum Horti regii botanici Matritensis descriptionum decades, cum nonnullarum iconibus centuria 1ª. *Matriti,* 1800, *in-4. fig. br.*

Jardins d'Angleterre, etc.

331. Hortus Elthamensis, seu plantarum rariorum hujusce Horti delineat. et descriptiones, auct. J. J. Dillenio. *Londini,* 1732, 2 *vol. in-fol. fig. v. j.*

332. Plantæ selectæ quarum imagines ad exemplaria naturalia Londini nutrita pinxit G. D. Ehret, cum explicat. C. J. Trew. (*Norimb.*) 1750, *in-fol. dem. rel. fig. color.*

333. C. L. L'Heritier Sertum Anglicum, seu plantæ rariores quæ in Hortis juxta Londinum excoluntur. *Paris.* 1788, *in-fol. fig. dem. rel.*

Meilhac

idem

idem

idem

Laloy

330. art. h₂+

Meilhac

taché ou poursuivre

p.

Meilhac

334. C.

335. art. ae$^+$ C.

meilhac

rozeran

338. C.

339. C.

limonet.   340. art. az$^+$ C.

meilhac

limonet.   343. luch. e$^+$

334. The Paradisus Londinensis, containing plants cultivated in the vicinity of metropolis, by R. A. Salisbury. *London*, 1806, *in-4. fig. col.* 117 *pl. le tome premier et la première part. du tome* ii.

335. Hortus suburbanus Londinensis, or a Catalogue of plants cultivated in the neighbourhood of London, by R. Sweet. *London,* 1818, *in-8. cart.*

336. Hortus Kewensis, or a Catalogue of the plants cultivated in the royal botanic garden at Kew, by W. Aiton. *London*, 1789, 3 *vol. in-8. fig. v. b.*

337. The same Work, enlarged by W. T. Aiton. *London*, 1810, 5 *vol. in-8. cart.*

338. Hortus Cantabrigiensis, or a Catalogue of plants indigenous and exotic, by J. Donn. *Cambridge*, 1812, *in-8. cart.*

339. Hortus Cantabrigiensis, or an accented Catalogue of plants indigenous and exotic cultivated in the Cambridge botanic garden, by J. Donn, improved by F. Pursch. *London,* 1819, *in-8. cart.*

340. The same Work. *London,* 1823, *in-8. cart.*

341. C. Linnæi Hortus Upsaliensis. *Stockholmiæ,* 1748, *in-8. fig. v. m.*

Mélanges de Botanique.

342. Collectanea ad omnem rem botanicam spectantia, edente J. J. Roemer. *Turici,* 1709, *in-4. fig. dem. rel.*

343. Recueil de Mémoires sur la Botanique, de MM. Fougeroux de Bondaroy, Desfontaines, Tessier, Lamarck, etc. tirés des Mémoires de l'Académie Roy. des Sciences, années 1785 à 1790, *in-4. fig. dem. rel.* == Mémoires de l'Aca-

démie des Sciences, de 1666 à 1699, tome 4, contenant des descriptions de quelques plantes nouvelles, par Dodart. *in-4. figures. rel.*

344. P. F. Gmelin Otia botanica. *Tubingæ*, 1760, *in-4. v. m.* = J. G. Gmelin Sermo academ. de novorum vegetabilium post creationem divinam exortu. *Tubingæ*, 1749, *in-8. cart.*

345. Manuel portatif de Botanique à l'usage de ceux qui étudient les principes de cette science et de la Pharmacie, publié par D. H. Hoppe, années 1790 à 1811 inclusivement. *Ratisbonne*, 22 *vol in-12. dem. rel. en allemand.*

346. Recueil de Traités et d'Observations sur la Botanique et l'Economie domestique, par J. Hedwig. *Leipzig*, 1793, 2 *vol. in-8. fig. color. dem. rel. en allemand.*

347. Remarques critiques sur quelques objets du règne végétal, par F. C. Medicus. *Manheim*, 1793, *tome* 1er, 2 *parties en* 1 *vol. in-12. dem. rel. en allemand.*

348. Recueil de Mémoires sur la Botanique, par A. P. De Candolle. *Paris*, 1813, *in-4. fig. dem. rel.*

349. Mélanges de Botanique et de Voyages, par M. Aubert du Petit-Thouars. *Paris*, 1811, *in-8. br. premier recueil.*

Journaux de Botanique.

350. Gazette du Jardinage, publiée par Kurt Sprengel, années 1803 à 1806. *Halle*, 1804 *et ann. suiv.* 4 *vol. in-4. fig. en allemand.*

351. Observations botaniques pour les années 1782 et 1783, par F. K. Medicus. *Manheim*, 1783 et 84, 2 *vol. in 8. dem. rel. en allemand.*

352. Magasin de Botanique, par J. J. Roemer et

limonet

346. C.

347. C.

348. Luch. e+   mcilhac

349. Luch. i+

350. C.

351. C.   Laloy

352. Luch. mz+ iy.

353. C. inf.

354. C. inf.

le tome 2e du 1er article paraîtr.

356. C. inf.

357. C. inf.

Laloy

358. che. az+

359. C.

Laloy

Meilhac

361. C. inf.

P. Usteri, années 1787 à 1790. *Zurich*, 12 *tom.
en 6 vol. in-8. fig. dem. rel. en allemand.*

353. Nouveau magasin pour la Botanique, publié
par J. J. Roemer. *Zurich*, 1794, *in-8. tome 1ᵉʳ.
en allemand.*

354. Archives de Botanique, par J. J. Roemer.
Leipzig, 1796, 3 *vol. in-4. fig. dem. rel. en
allemand.*

355. Annales de Botanique, par P. Usteri. *Zurich,*
1791, 2 *vol. in-8. fig. dem. rel.* == Nouvelles Annales de Botanique, par le même, de 1794à 1800.
Zurich, 1794, 18 *part. rel. en* 5 *vol. in-8. fig.
dem. rel. en allemand.*

356. Journal de Botanique, publié par Schrader,
années 1799, 2 vol. 1800, 2 vol. 1801, tome 1ᵉʳ.
Goettingue, 5 *vol. in-12. dem. rel.* == Nouveau
Journal de Botanique, par le même, années 1805
et suiv. *Erfurt*, 1806 à 1810, 3 *vol. in-12. fig.
dem. rel. et le premier cah. du quatrième vol. br.
en allemand.*

357. Bibliothéque de Botanique, publiée par la
Société de Botanique de Ratisbonne, années 1802
à 1807. *Erlang et Ratisbonne*, 6 *vol. in-12. fig.
dem. rel. en allemand.*

358. Journal de Botanique, rédigé par une Société
de botanistes. *Paris*, 1808, 2 *vol. in-8. fig. dem.
rel.*

359. Archives de la Botanique, par Leop. Trat-
tinick. *Vienne*, 1811 à 1814, 4 *cahiers in-4. fig.
br. en allemand.*

360. Journal de Botanique appliquée à l'agriculture, à la pharmacie, etc. *Paris*, 1813, *in-8.
fig. dem. rel. tomes* 1 *et* 2. *et 3 et 4 broché*

361. Flora, ou Journal de Botanique publié par

la Société royale de Botanique de Ratisbonne,
depuis la seconde année, (1819,) jusques et y
compris la 5ᵉ, (1824.) *Ratisbonne*, 1819, 12 *vol.
in-12.fig. dem. rel. en allemand.*

Histoire naturelle de différens pays.

362. Lepidoptera Britannica, sistens digestionem
novam insectorum Lepidopterorum quæ in
Magna Britannia reperiuntur, auctore A. H.
Haworth. *Londini*, 1803, 3 *part. in-8. cart.*

363. Trattato de Semplici, Pietre et Pesci marini
che nascono nel lito di Venetia, di Donati. *In
Venetia*, 1631, *in-4. parch.*

364. Deliciæ floræ et faunæ Insubricæ, auct. J. A.
Scopoli. *Ticini*, 1786, 3 *vol. in-fol. fig. dem. rel.*

365. Lettres sur l'histoire naturelle de l'Autriche,
du pays de Salzbourg, etc. par F. von P. Schrank
et K. Ehr. R. von Moll. *Salzbourg*, 1785, 2 *vol.
in-8. dem. rel. en allemand.*

366. Observations minéralogiques et botaniques
faites pendant un voyage dans les hautes montagnes de la Bohème, par J. Jiraseck et T. Haenke.
Dresde, 1788, 2 *part. en* 1 *vol. in-4. fig. dem. rel.
en allemand.*

367. Pinax rerum naturalium britannicarum, au-
thore C. Merrett. *Londini*, 1667, *in-12. bas.*

368. Description géographique, physique, et histoire naturelle de l'empire de Russie, par J. G.
Georgi. *Kœnigsberg*, 1797, 8 *vol. in-8. v. rac.
en allemand. Il manque le tome* 6.

369. G. Pisonis de Indiæ utriusque re naturali et
medica libri. *Amst.* 1658, *in-fol. fig. v. b.*

370. Prosperi Alpini Historia natur. Ægypti. *Lugd.
Bat.* 1735, 2 *tom. en* 1 *vol, in-4. fig. vel.*

362. art. ai^t C.

tns merilli   p.

                                     Meilhac

366. Bron. C.

368 St-quet. mz^t

369. Luch. az^t

                                     Meilhac

371. Rich. ward. inf.
mm+

Rey et graver   le tome 3 pourri.

meilhac

Renouard.   374. luch. miz+

idem   375. luch. ez+ inf.

376. C.

p.

378. C.

meilhac   379. luch. xc+ of.

fayolle   380. byron.

371. Nova plantarum, animalium et mineralium Mexicanorum Historia, aut. F. Hernandez. *Romæ*, 1651, *in-fol. fig. v. éc.*   22. 50

372. Journal des Observations physiques, mathématiques et botaniques, faites sur les côtes orientales de l'Amérique méridionale, par le P. L. Feuillée. *Paris*, 1714 et 1725, 3 *vol. in-4. fig. v. f. et v. m.*   12.

373. G. Pisonis Historia naturalis Brasiliæ. *Lugd. Bat. L. Elzevirius*, 1648, *in-fol. fig. v. b.*   5. 15.

374. A Voyage to the Islands Madera, Barbados and Jamaica, with the natural history of the last of those Islands, by Hans Sloane. *London*, 1707, 2 *vol. in-fol. fig. cuir de Russie. dent.*   251.

375. The civil and natural History of Jamaica, by P. Browne. *London*, 1756, *in-fol. fig. dem. rel. non rogné.*   81.

Mélanges d'histoire naturelle, etc.

376. Essai sur l'Histoire naturelle et sur quelques sciences qui s'y rapportent, particulièrement la Botanique, la Chimie, etc. par F. Ehrhart. *Hanovre*, 1787, 7 *part. en 2 vol. in-8. dem. rel. en allemand.*   5. 95 v

377. Lettres sur l'Histoire naturelle, la Physique et l'Economie domestique, par F. von P. Schrank. *Erlang*, 1802, *in-8. fig. dem. rel. en allemand.*   1.

378. Introduction à l'Histoire naturelle en général, et à la Botanique en particulier, par J. J. Kohlhaas. *Nuremberg*, 1793, *in-12. dem. rel. en allemand.*   1. 50 v

379. Choix de Mémoires sur divers objets d'histoire naturelle, par MM. Lamarck et autres. *Paris*, 1792, 2 *vol. in-8. dem. rel.*   15. 5.

380. M. Malpighii Opera omnia. *Londini*, 1686, 2 *tomes en 1 vol. in-fol. fig. v. m.*   11. 95.

30 - - 381. Car. a Linné Amœnitates academiæ, seu dissertationes variæ physicæ, medicæ, botanicæ, etc.
curante J. C. D. Schrebero. *Erlangæ*, 1787,
10 *vol. in-8. fig. bas.*

15 — 382. N. J. Jacquin Miscellanea Austriaca, ad Botanicam, Chemiam et Histor. nat. spectantia. *Vindobonæ*, 1778, 2 *vol. in-4. v. m. fig. color.*

59 . 5 383. N. J. Jacquin Collectanea ad Botanicam, Chemiam et Hist. natural. spectantia. *Vindob.* 1786,
5 *vol. in-4. dem. rel. fig. color.*

3 . 15 384. Tracts relating to natural History, by J. E.
Smith. *London*, 1798, *in-8. cart. fig. color.*

271 - - 385. Annales du Museum d'Histoire naturelle, par
les professeurs de cet établissement. *Paris*, 1802,
20 *vol. in-4. fig. dem. rel.*

180 - - 386. Mémoires du Museum d'Histoire naturelle.
Paris, 1815, 12 *vol. in-4. fig. les 8 premiers
dem. rel. le reste br.*

1 - 10 387. C. à Linné Materia medica, curante J. C.
D. Schrebero. *Lipsiæ*, 1787, *in-8. v. m.*

HISTOIRE.

Voyages, etc.

4 - - 388. Description des pays situés entre les fleuves
Terek et Kur près de la mer Caspienne, par F.
A. Marschall von Bieberstein. *Francfort*, 1800,
in-8. dem. rel. en allemand.

15 — 389. A sketch of a tour on the Continent, by J.
E. Smith. *London*, 1807, 3 *vol. in-8. cart.*

1 - 50 390. Voyage au mont Pilat dans la province du
Lyonnais. *Avignon*, 1770, *in-8. v. j.*

2 . 5 - - 391. Voyage dans le Tyrol, et dans les provinces

Barthe Veimart

Meilhac

idem

Laloy

Le Cointe et Dervy

idem

Baillieu

386. Byron.

388. C. quat b+

389. C.

391. Byron C.

Laloy

idem

huzard

392. Aron. C.

393. C.

p.

meilhac

396. ins.

397. C.

398. C.

399. of.

400. Rich.

p.

Simond

Autrichiennes d'Italie, par Sternberg. *Vienne*,
1811 , *in-4. fig. dem. rel. en allemand.*

392. Voyages botaniques dans les Alpes Carnio-
liques, par Reiner. *Ulm*, 1793 , *in-8. dem. rel.
en allemand.*

393. Voyages en Bavière, par F. von P. Schrank.
Munich, 1786, *in-8. fig. dem. rel. en allemand.*

394. Voyage dans les montagnes méridionales de
la Bavière, par F. von P. Schrank. *Munich*, 1793,
in-8. dem. rel. en allemand.

395. Itinera per Helvetiæ Alpinas regiones, a J.
J. Scheuchzero. *Lugd. Bat.* 1723, *4 tom. en 1 vol.
in-4. fig. vel.*

396. Voyages dans quelques provinces de la Suède,
par Linné. *Halle*, 1764, *2 vol. in-8. dem. rel. en
allemand.*

397. Lachesis Lapponica, or a tour in Lapland,
now first published from the original manuscript
journal of the celebrated Linnæus, by J. E.
Smith. *London*, 1811, *2 vol. in-8. cart.*

398. Voyage en Barbarie, par Poiret. *Paris*, 1802,
2 vol. in-8. fig. v. rac.

399. Voyage dans les parties Sud de l'Amérique
septentrionale, par W. Bartram, trad. de l'angl.
Paris, *an* VII, (1799,) *2 vol. in-8. fig. v. rac.*

400. Travels through that part of America formerly
called Louisiana, by M. Bossu, translated from
the French. *London*, 1771, *2 vol. in-8. dem. rel.*

401. Amœnitates exoticæ, quibus continentur
variæ relationes rerum Persicarum et ulterioris
Asiæ, auct. E. Kæmpfero. *Lemgoviæ*, 1712,
in-4. fig. v. m.

Histoire des Académies, etc.

402. Bulletin des Sciences de la Société Philomatique de Paris. *Paris*, 1791, 3 *vol. in-4. fig. bas.*
= Nouveau bulletin de la Société Philomatique.
Paris, 1807, 8 *vol. in-4. fig. bas. et les années*
1824, 1825, *et les mois de janvier et février* 1826,
en cahiers.

403. Actes de la Société d'Histoire naturelle de
Paris. *Paris*, 1792, *in-fol. fig. dem. rel. tome premier, première partie.*

404. Mémoires de la Société d'Histoire naturelle
de Paris. *Paris, an* VII, (1799,) *in-4. fig. dem.
rel.*

405. Observations de la Société physico-économique du Palatinat, depuis l'année 1769 jusques et y compris l'année 1783. *Manheim*, 1770
et années suiv. 16 *vol. in-12. dem. rel. en allemand.*

406. Mémoires de la Société physico-économique
du Palatinat, années 1784 à 90. *Manheim*, 1785,
5 *vol. in-8. dem. rel. en allemand.*

407. Mémoires d'Economie politique, publiés par
la Société physico - économique d'Heidelberg.
Manheim, 1791, *tom.* I*er et première partie du
tome* 2 *, en* 1 *vol. in-8. dem. rel. en allemand.*

408. Nouveaux écrits publiés par la Société des
amis de l'Histoire naturelle de Berlin. *Berlin*,
1795 à 1803, 4 *vol. in-4. fig. dem. rel.* = Magasin des nouvelles découvertes dans les diffé-
rentes parties de l'Histoire naturelle, publié par
la même Société. *Berlin*, 1807 à 1818, 8 *vol.
in-4. fig. dem. rel. en allemand*

Bailliere

Meilhac

405. C. lis.

406. C. lis.

407. C. lis.

- Bailliere

bailliere   2 vol - gatis d'humidité.

m. huzard   410. Byron.

meilhac   412. C.

                          413. Byron.

p.   415. Lanç. aam+

meilhac

409. Acta Helvetica physico-mathemat.-botanico-medica. *Basil.* 1751, 8 *tom. en* 4 *vol. in-4. fig. bas.* = Nova Acta Helvetica. *Basil.* 1787, *in-4. fig. v. m. vol.* 1um.

410. Transactions of the Linnean Society. *London,* 1791, 14 *vol. in-4. fig. les tomes* 1 *à* 12 *sont en dem. rel. et les tomes* 13 *et* 14 *sont br. en* 5 *parties.*

411. Transactions of the Horticultural Society of London. *London,* 1812, 5 *vol. in-4. dem. rel. et br. et les* 2 1ers *cahiers du tome* 6.

412. Dissertationes academicæ Upsaliæ habitæ sub præsidio C. P. Thunberg. *Gottingæ,* 1799, 3 *tom. en* 1 *vol. in-*12. *fig. dem. rel.*

413. Nova Acta Academiæ Scientiarum imper. Petropolitanæ. *Petropoli,* 1787, 15 *vol. in-4. fig. v. rac.* = Mémoires de l'Académie impér. des Sciences de Saint-Pétersbourg. *St.-Pétersbourg,* 1809, 9 *vol. in-4. fig. dont* 6 *vol. v. rac. et* 3 *br. le tome* ix *contient les Mémoires de* 1819 *et* 1820.

414. Bibliotheca Botanica à J. F. Seguierio, edente L. F. Gronovio. *Lugd. Bat.* 1760, *in-4. v. m.*

415. Catalogus Bibliothecæ historico-naturalis J. Banks, auct. J. Dryander. *Londini,* 1798, 5 *vol. in-8. dem. rel. Pap. Vél.*

416. Catalogue des livres de C. L. l'Heritier de Brutelle. *Paris,* 1802, *in-8. dem. rel.*

ADDITION.

1. Pinacoteca del Palazzo reale delle Scienze e delle Arti di Milano, pubblicata da Mich. Risi, col testo di Rob. Gironi. *Milano,* 1812, *in-fol. fig. en cahiers; les liv.* 1 *à* 6.

2. OEuvres de J. Racine, pour l'éducation du Dauphin. *Paris, Didot l'aîné,* 1784, 3 *vol. in-8. cart. Pap. Vél.*
Il manque au tome 2 les pages 171 à 174.

3. Luc. Apuleius, de Asino aureo, cum comment. Ph. Beroaldi. *Bononiæ,* 1500, *in-fol. vél.* Il manque à ce volume une table de 16 feuillets. = Fr. Luisini in librum Q. Horatii Flacci de Arte poetica Comment. *Venetiis, Aldus,* 1554, *in-4. vel.*

4. Athenæi Deipnosophistarum lib. xv, gr. et lat cum animadvers. Is. Casauboni. *Lugduni,* 1612 *et* 1621, 2 *tom. en* 1 *vol. in-fol. dem. rel.*
Il manque dans le premier volume les pages 445 à 456.

5. Cartes de la France, de Cassini, contenant Lille, Dieppe, Boulogne, Orléans, etc. *14 feuilles collées sur toiles et renfermées dans trois étuis.*

6. Plan de Paris. 1786, *et cinq autres Cartes collées sur toile.*

7. Plans des forêts de Fontainebleau, Marly et Saint-Hubert. *4 Cartes collées sur toile.*

8. Cartes de la Hollande et des Pays-Bas. *7 Cartes collées sur toile.*

9. Xenophontis Opera, gr. et lat. ex recens. Ed. Wells. *Oxonii, e Theatro Sheldon.* 1703, 5 *vol. in-8. fig. v. b.*
Il y manque, tome 2, *de Cyri Expeditione,* les pages 39 et 40. Tome 3, *Historiæ Græcæ,* les pages 3, 4, 5, 6. Tome 5, *Imperatorum Persicorum Series chronologica,* 2 feuillets.

p.

p.

Barbier Weimar

Simond

Kilian

p.

10. Tableaux de la Révolution françoise. *Paris,*
in-fol. fig. en cahiers; les livr. 1 *à* 29.

11. Nova Acta Academiæ Scientiarum imperialis
Petropolitanæ. *Petropoli,* 1802, *in-4. les tom.*
XIII *et* XV, 2 *vol. br.* — Mémoires de l'Académie impériale des Sciences de Saint-Pétersbourg. *Saint-Pétersbourg,* 1809, *in-4. br. les tom.*
1 *et* 2.

12. Annales de l'Imprimerie des Alde, par M. Renouard. *Paris,* 1803, 3 *vol. in-8. v. f. dent.*
Pap. Vél.

FIN.

EXTRAIT

du Catalogue des Livres de Fonds de De Bure *frères.*

Chrestomathie arabe, ou Extraits de divers écrivains arabes, tant en prose qu'en vers, avec une traduction française et des notes, à l'usage des élèves de l'École royale et spéciale des langues orientales vivantes. Seconde édition, corrigée et augmentée. *Paris, Imprimerie Royale,* 1826, *in-8. br.* Le tome 1er........ .... 21 fr.

    Cette nouvelle édition, imprimée sur papier grand-raisin, est du même format que la Grammaire arabe. Le volume contient 700 pages d'impr.

    Le texte et la traduction sont réunis dans le même volume, et le seront de même dans les tomes 2 et 3 qui sont sous presse.

Ouvrages de M. Augustin-Louis CAUCHY, *membre de l'Académie des Sciences, etc.*

Cours d'Analyse de l'École royale Polytechnique. *Paris, Impr. Roy.* 1821, *in-8. br.* Le tome 1er................ 6 fr.

Résumé des Leçons données à l'École royale Polytechnique, sur le Calcul infinitésimal. *Paris, Imprimerie Royale,* 1823, *in-4. br.* Le tome premier..................... 5 fr.

Mémoire sur les Intégrales définies prises entre des limites imaginaires. *Paris,* 1825, *in-4. brochure de 68 pages.* 3 fr. 50 c.

Mémoire sur l'analogie des Puissances et des Différences, et sur l'intégration des Équations linéaires. 1825, *grand in-4. contenant* 12 *pages*............................ 2 fr.

    Ce Mémoire est lithographié.

Exercices de mathématiques. *Paris,* 1826, *in-4.* Livr. 1 à 7. Chaque Livraison......................... 1 fr. 50 c.

    Les huitième et suiv. paraîtront incessamment.

Leçons sur les Applications du Calcul infinitésimal à la Géométrie. *Paris, Imp. Roy. septembre* 1826, *in-4. br. Tome premier, de* 400 *pages d'impression.*

    Cet ouvrage, qui est destiné à faire suite au Résumé des Leçons sur le Calcul infinitésimal, paraîtra dans le courant de ce mois.

DE L'IMPRIMERIE DE CRAPELET,
rue de Vaugirard, n° 9.